Este libro
pertenece a:

....

....

Cuando mis padres se olvidaron de ser amigos

Texto: *Jennifer Moore-Mallinos*

Ilustraciones: *Marta Fàbrega*

BARRON'S

Mis padres eran amigos
y todo lo hacíamos juntos.
Pasábamos la noche del
sábado en familia y nos
divertíamos mucho; siempre
estábamos riendo. A veces
jugábamos a un juego de
mesa y otras veíamos una
película en la tele mientras
comíamos palomitas.
Lo que hiciéramos, siempre
lo hacíamos juntos.

Me di cuenta de que mis padres ya no eran
buenos amigos porque las cosas comenzaron
a cambiar. A veces me despertaba por
la noche, tarde, y oía discutir a mis padres.
No sabía de qué discutían, pero los dos
parecían estar muy enojados y mi madre
a veces lloraba.

Cuando esto pasaba, yo me escondía debajo de la manta o me tapaba la cabeza con la almohada, deseando que dejaran de gritarse. Aunque los gritos se hacían más fuertes y seguía oyendo llorar a mamá, me sentía mejor si me escondía.

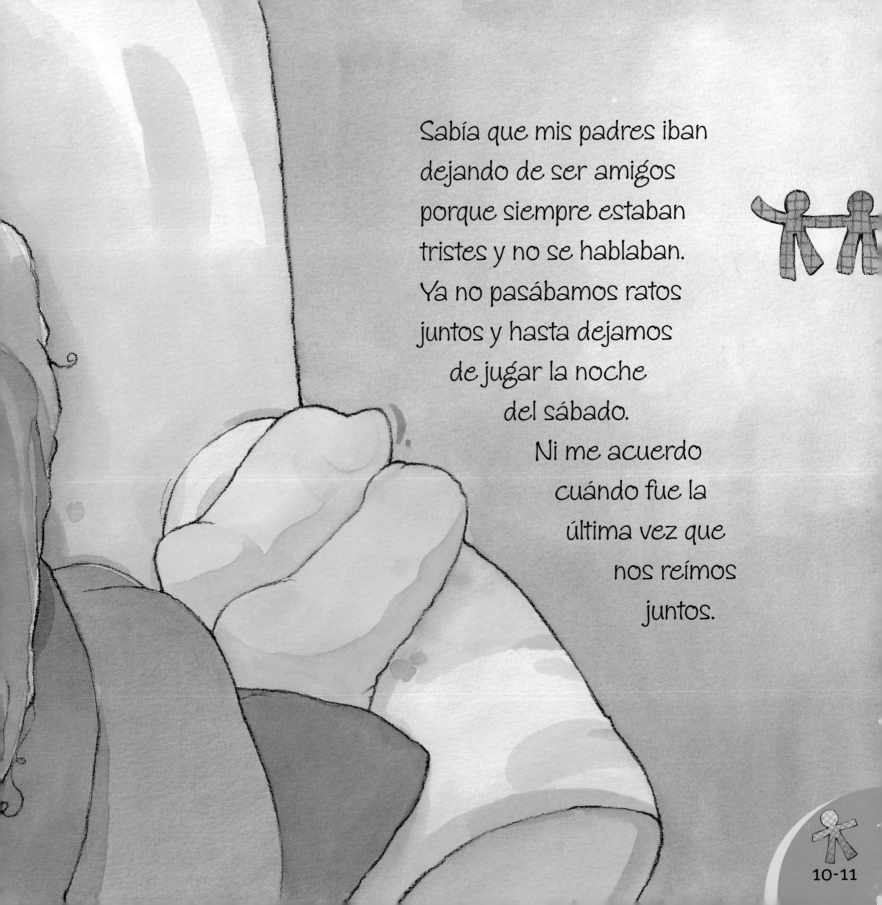

Sabía que mis padres iban
dejando de ser amigos
porque siempre estaban
tristes y no se hablaban.
Ya no pasábamos ratos
juntos y hasta dejamos
de jugar la noche
del sábado.
Ni me acuerdo
cuándo fue la
última vez que
nos reímos
juntos.

A veces encontraba a mamá sentada en su dormitorio, sola, llorando en silencio. Estaba muy triste. Como no sabía qué hacer para que se sintiera mejor, le daba un abrazo y eso resultaba, porque dejaba de llorar.

Ahora estoy segura que mis padres ya no son
amigos, porque papá hizo las maletas y se marchó.
Ahora vive solo en otra parte de la ciudad.
Cuando se fue, me dio un gran abrazo y me dijo
que pronto nos veríamos otra vez.

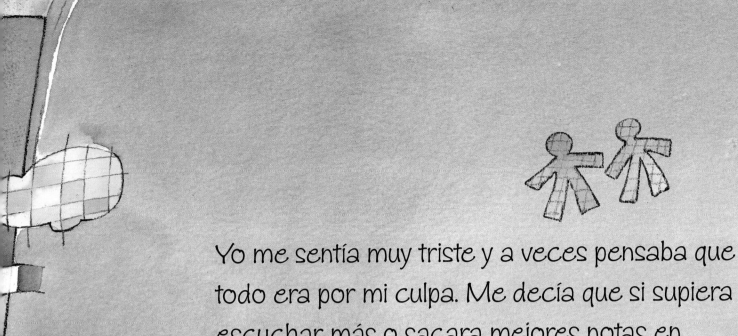

Yo me sentía muy triste y a veces pensaba que todo era por mi culpa. Me decía que si supiera escuchar más o sacara mejores notas en el colegio, mis padres volverían a ser amigos. Ellos insistían en decirme que no era culpa mía que ya no pudieran estar juntos, pero muchas veces yo pensaba todo lo contrario.

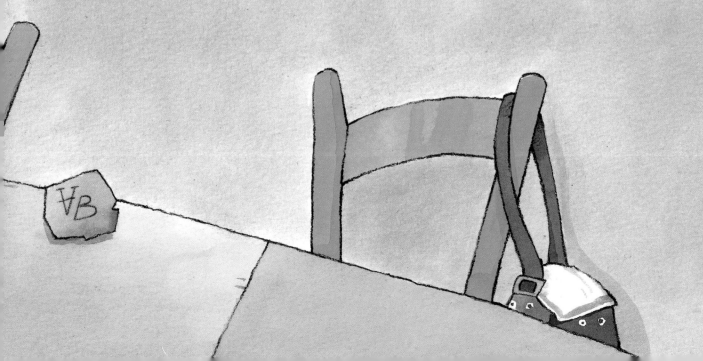

Mamá y papá me explicaron que a veces los padres se llevan mejor cuando viven en casas diferentes. Los dos me dijeron que no importaba dónde vivieran, que siempre me querrían y estarían a mi lado.

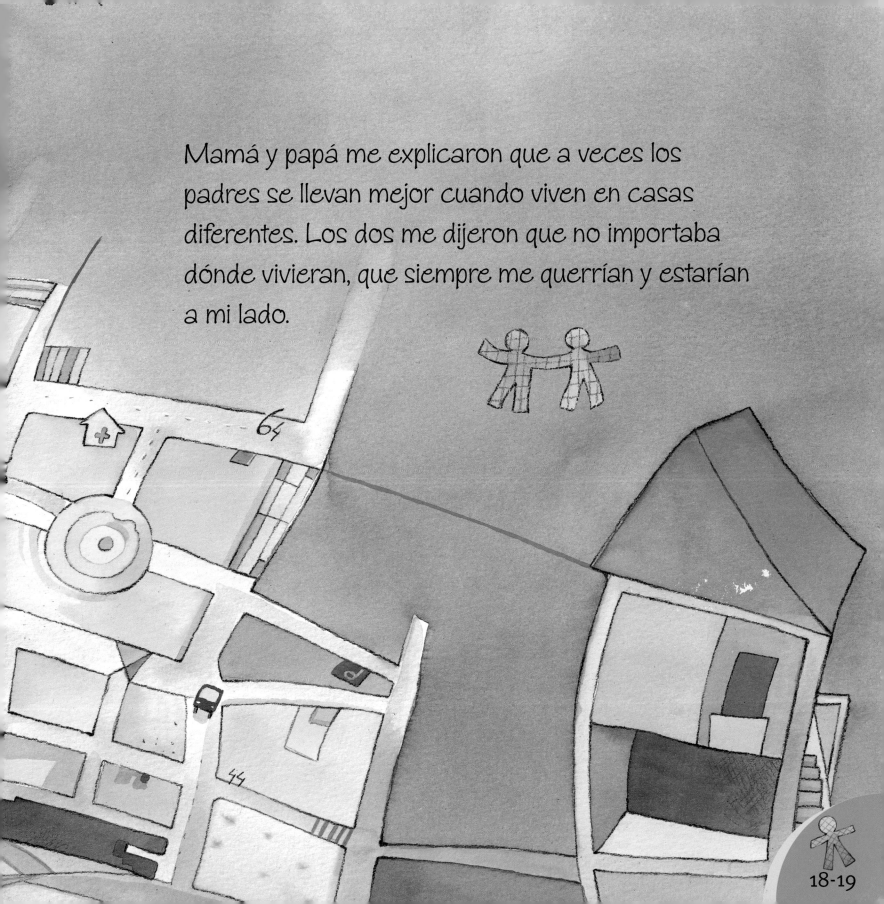

¡Y tenían razón! Cuando mi papá se fue a vivir a otra casa, las cosas cambiaron.

Ni él ni mamá estaban tan tristes como antes y esto me
hizo sentir más tranquila y contenta.

Aunque yo vivo en casa con mi madre, llamo
a mi papá por teléfono tantas veces como quiero y
lo voy a visitar todas las semanas. A veces me
quedo a dormir en su casa y lo paso genial.
Nos gusta jugar o leer juntos, pero lo mejor
es que nos reímos mucho.

A veces, como en mi cumpleaños, mi papá viene a casa para pasar un rato todos juntos. Y todo vuelve a ser como antes: los tres jugamos a un juego de mesa o miramos una película en la televisión, incluso nos reímos mucho. Mi papá y mi mamá ya no viven en la misma casa, pero seguimos siendo una familia y el tiempo que pasamos juntos siempre es muy especial.

Ahora comprendo que aunque se hayan olvidado de ser amigos, eso no significa que no me quieran o que dejen de ser mis padres. Los momentos que paso con cualquiera de ellos son especiales. No estamos juntos los tres, pero no por eso dejamos de ser amigos. Por fin se han acabado las discusiones.

Mi mamá y mi papá siempre me querrán
y siempre me darán la lata para que haga
los deberes y me porte bien. Se turnan para irme
a buscar a la escuela y cuando tengo partido de
baloncesto, allí están ambos para animarme.
Quiero mucho a mi mamá y a mi papá.
¡Son los mejores!

guía
para los padres

Crecer en una familia monoparental fue realmente duro. Como niña, yo no comprendía la dinámica de la situación o las peleas que condujeron a mis padres a tomar la decisión de vivir separados. Al principio me sentía culpable del comportamiento de mis padres. Pasaba horas tratando de descubrir lo que "yo" había hecho para contribuir a las dificultades de mi familia.

Todavía recuerdo el día que mi madre me dijo que me sentara y me explicó con calma lo que había sucedido en nuestra familia. Aquel día muchos de mis miedos y ansiedades se aliviaron. No sólo descubrí qué podía y debía esperar de mis padres y de la situación en general, sino que, por encima de todo, supe que la decisión de mis padres de vivir separados no era culpa mía.

Dada mi experiencia de criarme en una familia monoparental y de mis relaciones con familias en mi calidad de asistenta social, reconozco y aprecio la necesidad de un niño de entender la situación concerniente a su familia. Todos los niños tienen el derecho a ser escuchados y a que sus sentimientos se respeten.

Este libro se propone reconocer algunas de las preocupaciones y ansiedades que puedan afectar a su hijo durante esta etapa de transición dentro de la unidad familiar. Darle al niño la oportunidad de explorar sus sentimientos y temores constituye el primer paso del proceso de curación. El hecho de que el niño tenga la posibilidad de superar sus traumas afrontando algunas de estas cuestiones lo estimulará a convertirse en un sobreviviente de la separación y el divorcio en lugar de ser una víctima.

También se puede usar este libro como herramienta para iniciar el diálogo y estimular la comunicación entre usted y su hijo. Su hijo sabrá que no es responsable de las dificultades por las que atraviesa la familia y que su comportamiento no fue la causa de su decisión de separarse.

Leerle un cuento a su hijo es una forma estupenda de compartir un momento juntos. Los niños son importantes y hay que tener en cuenta lo que piensan y sienten. Cumplamos con nuestra obligación y demostremos a nuestros hijos lo mucho que realmente nos importan.

Primera edición para Estados Unidos
y Canadá publicada en 2005 por
Barron's Educational Series, Inc.
Propiedad literaria (© Copyright) 2005
de Gemser Publications, S.L.
C/Castell, 38; Teià (08329) Barcelona,
España (Derechos Mundiales)
Texto: Jennifer Moore-Mallinos
Ilustraciones: Marta Fàbrega

Dirigir toda correspondencia a:
Barron's Educational Series, Inc.
250 Wireless Boulevard
Hauppauge, New York 11788
http://www.barronseduc.com

Número de Libro Estándar Internacional 0-7641-3173-7
Número de Tarjeta del Catálogo de la Biblioteca del Congreso 2004112884

Impreso en España
9 8 7 6 5 4 3 2 1